스치는 것들은, 그리울
틈이 없다

스치는 것들은, 그리울 틈이 없다

ⓒ윤병룡 2016

초판 1쇄 발행 2016년 6월 6일

지은이 윤병룡

펴낸곳 도서출판 가쎄 [제 302-2005-00062호]

주소 서울 용산구 이촌로319 31-1105
전화 070. 7553. 1783 / 팩스 02. 749. 6911
인쇄 정민문화사
ISBN 987-89-93489-56-9
값 9,000 원

www.gasse.co.kr
e_mail berlin@gasse.co.kr

스치는 것들은, 그리울 틈이 없다

윤병룡 잡문집

gasse·가쎄

지은이의 말

그 많은 너와의 스침은 반대편의 레일처럼 순식
간이었다. 그 순간의 너에게 건네고 싶은 말,

언제 밥이나 한번 먹자

차례

지은이의 말   4

떨어진 후에도 아름다워야 하느냐   13

가장 슬픈 날   15

스치는 것들은, 그리울 틈이 없다   16

꽃잎은 나무의 아이들이 아니다   18

이 별의 아침   20

무명하자   22

꽃담을 페이지는 행복한 걸 골라   24

기억의 유통기한   25

풀꽃의 그림자에게 물었다   26

거리의 촉감   28

종이 바람   30

젖은 꽃잎은 바람에 날지 못한다   31

부재중   32

인연의 실패   42

이별하기 좋은 날   44

슬픔을 표현하다   46

텔레파시   47

그늘의 이름   50

바람사용법   52

이별이 오는 쪽   54

붕어적 사랑   55

사람 꽃   56

고흐도 그랬을 거야   57

개 껍질을 쓴 남자   59

그림자를 씻다가,   61

나무는 꽃과 이별하지 않는다   63

나는 당신과 아무렇지도 않다   65

꽃멍 들다   67

내 의자에 앉은 사람   69

나는 책꽂이에 꽂아둔 책처럼 너에게

기생하였다   71

코를 마시는 개   73

사랑은 어렵지 않구나   75

봄 무릎을 베자   77

나는 잔챙이다   78

남남의 사이   79

보관 82

여행의 순간 84

아픔 세포 87

기껏 우산도 아닌 그깟 사랑 89

온더락스 93

해를 기다리다 우울해진 달에게, 96

귀화 99

빈방을 나간 냄새 115

실망은 가장 자연스러운 것이다 117

떨어진 후에도 아름다워야 하느냐

꽃이라도 숨이 붙은 며칠뿐,
떨어진 후에는 그립지 않았다
찬란하더라, 향기롭더라
떨어진 후에도 그러하더냐

떨어지기 전에 꽃이라 불렸다면
떨어진 후에도 꽃이라 해야지
아무도 돌아보지 않는 그늘
꽃잎 떨어진 꽃은 꽃이라 하지 않더라
꽃잎 떨어진 나는 꽃이랄 삶이었느냐

떨어진 후에도 아름다워야 하느냐
꽃이라도 그러한데
꽃도 아닌, 나는 무엇으로 기억될까

기억하지 말자, 기억하지 못하자
떨어진 꽃이 무심히 사라진 것처럼

가장 슬픈 날

일 년 중 가장 슬픈 날을 꼽으라면,
지나갔나요, 아직인가요, 지나는 중인가요

지나고 나면 한참 아프다가 뒤돌아서서
가만히 서 있자면,
시간은 한 뼘씩 멀어지고
나는 한 뼘씩 사라지고

일 년 중 가장 슬픈 날은
내가 슬픈 날이 아니라
내가 없는 날입니다

나 없이도 멀쩡히 지나가는
그대의 그 날들

스치는 것들은, 그리울 틈이 없다

레일을 볼 때마다 아프다
얼마나 많은 무게를 견뎠으면 저렇게
반들반들 빛나느냐

보이는 레일은 반대편이라
만나도 꼭 후다닥 멀어지지
언제 한번 밥이라도...

생각해보니 우습다
레일처럼 수많은 너와 너를 스쳤는데
우리는 왜 레일처럼 마음 닳지도 않고
기억조차 아득할까

너는 스치고도 아무렇지 않게

나는 스치고도 아무렇지도 않게
수많은 날을 건너
이 만큼 살았다

엇갈리는 것들은 비명을 질러
귀를 막고 바람의 인사를 건넨다

스치는 것들은, 그리울
틈이 없다

꽃잎은 나무의 아이들이 아니다

무심코 밟은 꽃잎이
어느 나무 몇 번째 가지의 꽃잎이었는가를
기억하는 사람이라면 참 좋겠다
미안하구나 사흘이라도 사과할 텐데,
나는 도무지 알아보지 못하겠다

나무는 낱낱을 알까,
떨어져 나가는 아이들의 얼굴을
낱낱마다 가려낼까
꽃잎은 아마도, 나무의 아이들이 아니다
그러자면 봄을 밟기란 얼마나 서글프냐

꽃잎은 어느 나뭇가지의 머리카락이다
사람 나무에서도 봄 꽃잎 같은 머리카락이

시간 속에 떨어져 별똥별이 되잖아
누가 떨어져 내리는 나의 하얀 별똥별에
소원을 빈다면 나는 들어줄 수 있을까

바람은 흔들리며 날아간다
꽃잎은 흔들리며 떨어진다
시간은 흔들리며 늙어간다
나는 흔들리며 낡아간다

이 별의 아침

잘 잊어서 어쩌면,
늘 같을 아침을 새롭게 느낀다
잘 잊어서 어쩌면 지나간 것들도
매일 아침 다시 그리운 것 아닐까

이 아침은,
가늠도 안 되게 거대한 초록빛별이
멈칫거림도 없이 우주를 걸어온다
벌새 같은 유성이 쏟아지는 심연을 걸어
반 바퀴 너머 해를 찾는 여정

12,756킬로미터의 흙과 물과 공기를 품고
어제인 곳으로부터 찾아온
내일의 아침은 얼마나 반가워

그 위에 타고 있는 우리는 얼마나 힘겨워
그렇게 해서 만난 우린 얼마나 정겨워

꿈을 꾸어도 사랑을 나누어도
행복을 누려도 어쩌면
몇 개월, 일 년, 어쩌도 십 년

이 별은 검은 우주를 걸어 찾아온다
흔한 아침을 맞이하는 자세로
모든 이별에게 아침 인사를

무명하자

서로 부를 이름이 없다면
모르는 우리는 꽃이라 하자
무슨 꽃으로 불러줄까
아무 꽃이라도 좋아
사람보다 꽃은, 사랑보다 꽃은,
뭐랄까 담담하다 덤덤하다
난 누군가 넌 누군가
기억하지 않고 우리는 그냥 꽃

보면 싱긋한 향기를 흘리며
보면 홍조 띤 얼굴로
보면 두 팔 활짝 열어 맞이하겠잖아

꽃은 찡그릴 줄 몰라서 꽃이다

사람은 찡그려서 사람일 거야
사람들도 꽃처럼 웃을 줄 안다
이름만 가지면 웃음꽃이 지지

이름 모를 꽃처럼 무명하자
모르고 지나쳐도 꽃이라면 알지
영원한 시간은 없지만
그래도 꽃은 또 피어

떨어질 때까지도 활짝 웃는,
꽃처럼 이름 없는 사람
그래 모르는 우린
무명 꽃처럼 지나가다 만나고
지나가다 피고 지고

꽃담을 페이지는 행복한 걸 골라

꽃이 담길 페이지는 이왕이면,

행복한 페이지라면 좋겠어

아무 데나 읽어보지도 않은 낯선 페이지 말고

몇 번이나 읽어 손때가 묻은 까뭇한 페이지에

선명한 빛깔로 담겼으면 좋겠어

생이 다해 마른 후라도

그 어느 슬픈 페이지 사이에서

잊히지 않기를

기억의 유통기한

잊는 것과 버리는 건 다를 건데
잊어버려라 한다.
지우는 것도 버리는 건 아닌데
지워버려라 한다
끝내는 것도 마저 버리라 한다
버린 것은 사라지지 않는다
어딘가에 남아 잊은 나를 기억하지
잠그자든가, 닫자든가 채우자든가
가두고 나오지 못하게 하는 게
현명한 잊기 잘 된 끝내기
잊어 잠가 지워 걸어 끝내 채워
버리기보다 조금 더 나은가

기억을 가두는 방법

풀꽃의 그림자에게 물었다

말라비틀어진 풀꽃에게도
그림자가 눕는다
화려하지도 촉촉하지도
따뜻하지도 않은,
버석버석한 흔적일 뿐인,

너는 왜 아직도 머물고 있나
너는 왜 떠나지 않나

마음대로 되었다면 떠났을까

나의 꽃이었으니,
여리고 메마른 그림자가 되어도
나의 꽃이었으니

그래 그림자 없는 풀꽃은 없지

풀꽃 없는 그림자도 없지

네가 가고 나면

어느 풀꽃 그림자가 내게 와서

누울까

거리의 촉감

가까우면 따뜻하고 멀면 아름답다
더 가까우면 다정하고 조금 더 멀면 그리워

아주 가까우면 성가실까
아주 멀면 잊힐까
손끝이 닿는 거리는 어느 만큼일까

살이 닿고 입술이 닿지 않아도
소리가 닿을 수 있다면
기억하기에 충분한 거리
사랑하기에도, 충분한 거리

여보세요?

나야, 잘 지내?

난 괜찮아. 넌?

나도 잘, 지내
괜찮아

종이 바람

하늘을 냉동실에 두 시간 동안
넣어두었다가 꺼낸 것처럼
겨울 맞서는 창문에 땀방울이 맺힌다
두 시간 만에 기온 곤두박질
다급히 겨울

종이에 베인 것 같은 바람과
인사를 나누자
반갑다, 또 왔구나 잘 지내보자
종이 바람 에이는 겨울
막, 시작

젖은 꽃잎은 바람에 날지 못한다

꽃 때문에 떠나는 것이 아니라
꽃 덕분에 남아있는 거였다
그대 때문에 떠나는 것이 아니라
그대 덕분에 머무른 거였다
창밖으론 비가 자욱한데
방안엔 마른 먼지만 버석거린다

젖은 꽃잎은 바람에 날지 못한다

부재중

전화벨이 울린다. 아이폰 기본 벨 소리 중 희망이
라는 이름의 벨 소리다. 처음 폰을 사고 여러 벨 소
리를 설정해봤지만 왠지 이 벨 소리가 가장 마음에
들었다. 게다가 벨 소리 이름도 희망이다.

−여보세요.
−김당호 씹니까?
−네 제가 김당홉니다.
−택밴데요. 지금 댁에 계십니까?
−아뇨. 일할 시간인데 집일 리가요. 나중에,
−아, 그러시면 제가 집 앞인데요. 문 앞에,
−아뇨, 아뇨!!! 저기요. 이봐요. 그게 얼마짜린데!
뚜우우,

이 사람이? 전화를 걸었다. 안 받는다. 몇 번이나 눌렀지만 시냇물 소리에 새소리만 들리면서 지금은 전화를 받을 수 없으니... 멘트가 반복된다. 28. 순식간에 전화번호 뒤에 통화시도 숫자가 올라갔다. 성공된 통화는 0. 지금 올 택배는 그것뿐이다. 갖고 싶었지만 나의 수입엔 부담스러운 카메라. 마침내 쇼핑몰 12개월 무이자 할부가 시작되었기에 고민하기 시작한 카메라. 장바구니에 넣어두고 며칠을 망설이다가 구입한 카메라. 그걸 살 때 지금 일하는 이곳이 시한부 직장이라 집으로 배송지를 정해놓고 부재중인지 꼭 확인 전화를 하고 배송하라고 메모에 신신당부했었다. 확인 전화는 왔지만 기어코 문 앞에 던져놓고 간 거다. 빈집 문 앞에 놓인 2백만 원이 넘는 택배가 눈앞에 아른거린다.

가끔 인터넷에서 보이는 이야기들이 택배분실이다. 문 앞에 놔두고 가버렸다더라! 누가 집어갔는지도 모른다더라! 등등. 오래 사용한 폰을 택시에 두고 내려도 바로 전화해보면 전화기가 꺼져있는 세상이다. 10-20만 원을 받고 넘길 수 있어서 그렇다는데, 2백만 원도 넘는 카메라를 문 앞에 던져둔 건 횡재다. 집어가라고 던져준 거나 다름없다. 다 그런 건 아니지만 때론 이웃 안에 도둑이 살지 않던가. 아니 배달스티커 붙이는 사람도 모르는 일이다.

내가 사는 오피스텔은 말이 오피스텔이지 그냥 작은 방이 다닥다닥 붙은 다세대 건물이다. 주인도 여럿이다. 개발 붐에 숟가락 얹자고 여러 사람이 돈을 모아 대충 지은 건물이다. CCTV 따위가 있을 리 없다. 누가 드나드는지 알 수 없는 건물, 누가 택배를 집어가도 모르는 환경.

아! 맞다.
나는 순간적으로 마음이 놓이며 여자 친구에게

전화를 걸었다. 여자 친구는 웹툰을 그리는 작가라서 집에서 일한다. 더구나 여자 친구의 집은 내 방에서 두 블럭 지나면 있다.

-안녕하세요. 유당금입니다. 지금은 전화를 받을 수 없으니 삐 소리와 함께 메시지를,

부재중이다. 여자 친구는 어딜 갔을까. 화장실에 갔나 싶어서 몇 번을 걸어도 부재중 녹음 멘트만 반복된다.

-당금아, 당금아 제발 전화 좀 받아라.

휴대폰에 걸었지만 부재중. 하필이면 이럴 때 무슨 일을 하는 걸까. 아침에 통화할 때 오늘 무슨 스케줄 있단 말은 없었다. 그렇게 아침에 한 번 통화하고 나면 야근 마치고 열두 시 넘어서 전화를 걸어

버릇해서 당금이는 내 전화에 매우 둔감하다.

부재중의 시대. 정치도, 윤리도, 도덕도, 노블레스 오블리주도 모두 부재중인 시대. 젊은이들이 부재 중인 농촌, 어촌. 꿈이 부재중인 청춘. 모두가 부 재중이라도 내 택배는 부재중이면 안 된다. 절대로 그것만은 안 된다. 아니야, 안 되겠다. 가자 다 버리 고 가자. 직장이야 다시 구하면 되지.
내가 떠나면 이 자리는 부재중.

박차고 일어났다. 달렸다. 점점 마음이 초조해진다. 그런데 난, 지금 꼼짝할 수 없다.

쾅

손발이 없는 것처럼 감각도 없고 정신도 없다. 몇몇 사람들이 눈앞을 오간다. 흐릿하다. 고개를 흔들어

눈의 초점을 맞춘다. 저들 중 누군가에게 부탁할까, 십만 원 준다고 하면 해주지 않을까. 10% 더 싸게 사겠다고 갖은 쿠폰을 다 찾아 먹여가며 최저가를 찍고 산 거니까. 그만큼 더 나간다고 해도 손해는 아니잖아. 통으로 도둑맞는 것보단 낫다. 근데 입이 열리지 않는다. 조금 전까지만 해도 입술에 침을 바르던 혀가 꼼짝하지 않는다. 손을 들어보려고 하지만 손도 움직이지 않는다. 전화벨이 울린다. 희망의 벨이다. 손을 뻗어 전화를 받으려 했지만 안 움직인다. 전화가 울리다가 끊어졌다. 누굴까. 택배 기사일까, 당근이일까.

누구든 통화를 했어야 했는데. 택배는 문 앞에 잘 있을까. 택배에 신경을 곤두세우니 머리가 얻어맞은 것처럼 아프다. 두통약을 어디 뒀더라.

삐이이이이이이이이

흐린 눈앞을 몇몇 사람이 분주하게 오간다. 소리를 치며 손짓을 한다. 숫자를 세고 갑자기,

팡! 팡! 팡!

뭔가가 자꾸 몸을 때린다. 택배 가지러 가야 되는데 자꾸 몸을 때리니 움직일 수가 없다. 갈비뼈가 부러진 건가. 숨을 쉴 수가 없다. 누군가 키스를 하는데 숨이 트인다. 신기한 경험.

-헉,헉,헉, 아파, 저기요. 택배 좀

충격에 입이 열렸나. 내가 앞의 누군가에게 택배를 말했지만 그는 들은 척도 하지 않는다. 됐다! 소리 치며 다른 곳으로 간다. 이젠 아프지도 않다. 부디 당금이라도 내 방에 들러야 할 텐데 어쩌지. 나는 어쩌지, 나는 지금 부재중.

삐이이이이이이이이

-무슨 일이야?

-레미콘 사고래요. 차가 인도로 돌진해서 사상자
가 많이 생겼어요.

-바이탈은?

-없어요.

-연고자는 찾았어?

-휴대폰 마지막 통화자에게 연락하는데 지금 부재
중이요.

-경찰에 연락해

흰 천으로 덮인 침대가 옆 칸막이에서 나왔다. 그
환자 치료가 끝나자 그제야 간호사가 나에게 온다.

간호사가 체온계를 빼서 체온을 차트에 적는다. 나
는 혀를 놀리려고 안간힘을 썼다. 내가 움칠거리자

간호사가 내 얼굴을 살피고 말한다. 아른한 목소리
가 귀를 간질인다.

-진통제를 주사했어요. 한동안 움직이지 못할 거
예요.

나는 입을 벌려 말을 하려고 애썼다.

-태, 태,
-태 뭐요? 태?
-태,
-태가 뭐예요? 상태요? 어디 불편하세요? 심정지였
는데 마침 CPR 가능한 분이 사고 현장에 계셔서
기적적으로 살아나셨어요. CPR 때문에 갈비뼈가
좀 상한 곳도 있으신데 정확한 건 찍어봐야 알 수
있어요. 진통제 효과가 아직 있으니 통증은 괜찮을
거예요. 가족과 연락을 취하고 있으니 가족이 올

거예요. 그럼 이따 또 올게요. 그때 다시 상태를 말
해주세요.

내 택배를 알아봐 줄 수 있을까 물으려던 간호사
는 이제 부재중이다. CPR 가능한 어느 분이 사고
현장에 재중이어서 내 삶도 다시 재중이 되었으나
나는 내 직장에서 부재중이다. 나는 내 집에서 부
재중이다. 나는 내 택배에서 부재중이다. 내 택배
는, 내 카메라는 지금 부재중일까. 당금이는 왜 부
재중일까.

인연의 실패

인연은 서로의 손끝에 걸려 있다가
가슴으로 올라가 둘둘 감긴 채 숨 쉬며,

그 감긴 실을 두 팔로 꼭 안아
따뜻한 박동으로 살아가다가

다른 인연의 실을 잡으려 팔을 풀면
조금씩 허리로, 다리로, 발목으로 흘러내려
느슨한 발목에 매달리다가,

다른 실을 잡으려 발걸음을 옮기면
툭 빠져나간다

보이지 않아?

길거리엔 온통 풀어진 실들이

가득 늘어져 있는 걸

봄 이즉도록 언 땅을 맴돌다가

아지랑이가 되어 햇살을 타고 오르면

또 어느 팔 벌린 손끝에 걸려 팽팽해질까

내 인연의 실패엔 인연 대신

추억이 감기고, 그리움이 감기고,

후회와 아쉬움, 미련이 감겨,

새 실이 감길 틈이 없다

다른 손끝에 잡힐 틈이 없다

다시 시작될 틈이 없다

새 인연을 살갑게 맞이할 실패가 없다

이별하기 좋은 날

이왕이면 하늘이
눈물 찔끔 지릴 만큼 파랗다면 좋겠다

바람은 잠자고 시린 공기가
손 내밀기도 두렵게 차곡차곡 내려앉길
뿌리칠 손 잡자고
주머니 넣은 손이 나오지 않도록,

영하보다 새파랄 그 눈길에
드러날 나의 불안이 그대로 얼어붙을
맹추위라면 참 좋겠다

이별하자면 그래야 한다
옷깃을 세워 붉은 얼굴 감추고

얼어붙어 흐를 눈물

훔치지 않아도 좋게,

이별하자면,

눈물 콧물 줄줄 샐 매섭게 추운 날이,

제격이다

슬픔을 표현하다

슬픔을 시간으로 표현한다면,

지금은 아니었으면

슬픔을 옷으로 표현한다면,

잎 빠지고 날것으로 바람 앞에 선 나무

슬픔을 꽃으로 표현한다면,

물 한 방울 못 마셔 산산이 흩어진 안개꽃

슬픔을 호흡으로 표현한다면,

창백하게 내뱉어진 날숨,

행복해도 즐거워도 아파도 찬란해도

평등하게 찾아오는 공백,

슬픔을 말로 표현한다면

아, 아

텔레파시

지금 들려온 소리는 정말 도둑인가요
녹슨 자물쇠가 느슨해지고
기척도 기별도 없이 불쑥
번호를 누르는 당신은 그림자인가요

비밀번호가 눌렸습니다
나의 지문이 남긴 그대로 흔적을 따라
가만히 누르는 소리가 들렸습니다
아무리 소리가 없어도 심장을 누르는데
모를 사람은 없습니다

가장 멋진 도둑은 아닌 듯합니다
몇 번이고 다른 번호를 눌러
마음속으로 나는 나도 놀랄 만큼

이 어설픈 도둑을

응원하고 있었습니다

소리로는 알 수 없어요

번호는 모두 같은 소리를 내니까

누를 때마다 철렁이는 손가락의

은밀한 기척을 느낄 뿐

겉 사람은 누구나 같은 소리를 내지만

그 속에 사는 사람은 서로 다른 목소리로,

울고 있어요, 웃고 있어요, 무표정이에요, 화를 내

요, 슬퍼해요, 행복해요, 불행해 해요

당신은 지금 희미한

내 손가락 지문을 따라 토도톡 토도독

번호를 누르고 있어요

그 번호가 이제 세 번 더 틀리면

자물쇠는 큰 소리를 내며 멈출 거예요

그러면 한동안 나까지 안에

갇힌답니다

도둑을 응원하는 나는

그 어설픈 소리를 들으며

틀릴 때마다 두 눈 꼭 감고

온 정신을 모아

다음 번호를 보내고 있어요

띠로리 할 때까지

잠기지도 말고 닫히지도 말아라

그늘의 이름

누군가가 있을 때, 그림자는 그늘이 되지. 지친 발과 햇살에 뜨거워진 머리를 식히며 머무는 곳. 그늘의 이름은 뭐라 부를까. 지금 어디에 있니, 여기 그늘

누군가가 있을 때, 사람은 사랑이 되지. 세상을 건느라 힘겨울 때 기대고 부대끼며 머무는 곳, 사랑. 사랑은 뭐라 부를까. 지금 어디야? 여긴 사랑이야

그늘은 머물던 이가 떠나면 그림자가 된다. 그늘의 이름은 사람이 떠날 때 주머니에 넣어 떠나지. 다음 그림자를 만나면 다시 꺼내어 놓으려고

사랑은 머물렀던 이가 떠나면 다시 사람이 된다.

그이가 떠날 때 모두 들고 떠나니까 마음 표정 감
정 시간 추억 기억들 다음 사람을 만나면 다시 설
레서 내놓겠지

그늘이 그림자 되듯, 사랑도 사람이 되고

사람이 된 사랑은 또 누구의 곁에서 다시 사랑이
될까. 그림자가 된 그늘은 또 누가 다가서며 그늘
이 될까

그늘의 이름은 그림자, 사랑의 이름은 사람

바람사용법

나뭇잎들은 일생을 매달려 산다
봄이라야 바람 몇 번이면 훌쩍 가는데,
나뭇잎은 볼수록 용하다

봄에 올라와 여름에 퍼지고 가을엔
떨어져 겨울에 사라지는데
언제 배워서 그렇게 잘 써먹지
흔들리면서 반짝이고
흔들리면서 노래하고
흔들리면서 서로 사랑하며

바람이 자는 날 나뭇잎도 같이 잠들어
고개를 수그리고 반짝이지도,
노래를 하지도 않아

부대끼며 사랑도 하지 않는다

흔들려야 즐거운 나뭇잎처럼
일생을 매달려 살기는 같은데
왜 우리는 흔들릴 때마다 아프냐
왜 너는 흔들릴 때마다 슬프냐

떨어질 수 없는 바람이 분다
사라질 수도 없는 겨울이 온다
흔들리며 아프지 않을 방법,

바람사용법

이별이 오는 쪽

밤과 아침은 똑같이 동쪽에서 오지
사랑과 이별이 똑같이 너에게서 오는 것처럼

아침이 오는 동안은 이별하지 마라
어둡고 추운 밤을 건너온 사람들 아니냐
밤이 오는 동안은 이별하지 마라
힘겹고 슬픈 하루를 건너온 사람들 아니냐

그렇게도 가겠거든
새카맣게 사라진 어느 꿈속에서
그림자까지 데리고 가라

붕어적 사랑

사랑에 어울리는 기억력은
그 정도가 좋겠어

그래야 죽을 만큼 사랑하고도
돌아서면 새로 시작이잖아
맹렬히 헤엄치다 돌아서면
문득 눈앞에 새로운 세상

사랑의 기억력은
그만큼이 딱 좋겠어

사람 꽃

꽃보다 오래 피어서
사람은 꽃이라 불리지 않는다
꽃보다 향기로워도
꽃보다 아름다운 꽃잎을 입어도
사람은 꽃이라 부르지 않는다

봄에 피는 꽃처럼
이 봄에 피는 사람 꽃을 만나고 싶다
꽃 대신 사람으로 불리고 싶은 봄꽃
때가 되면 떨어지는 사람 꽃

고흐도 그랬을 거야

어떤 날은 이어폰을 끼우지 않아도
저절로 소리가 들린다
옵션을 주지 않았는데도
끝없이 반복

오늘이 그런 날, 오늘이 슬픈 날

네 목소리는 하염없이 귓가에 울리고
난 텅 빈 눈으로 목소리를 읽는다
오늘은 세상이 귀로 보여 눈을 뜰 수가 없어

가위로 잘라버리면
이어폰이 아니라 귀를 자르겠다

고흐처럼 귀를 잘랐어도

어떤 귀는 머리가 아니라 마음에 달려있어

잘라도 들리는 건 고흐도 그랬을 거야

거친 붓에 탁한 물감을 찍어

지워버리듯 바르고 싶다

고흐의 물감 밑에는 어떤 소리가 잠들었을까

들리지 않게 바스락거리는 서글픈 아우성

개 껍질을 쓴 남자

걸음 소리만 들리면 짖는다. 바보 개
복도는 좁고 계단은 깊어,
여기서 울리는 개소리는 하이 소프라노

며칠이나 짖은 적이 많아, 저 개는
딱 한 마리야, 개는 한 마리면 그렇다잖아
고독을 못 견뎌서 낯섦도 반가운 걸까
다들 참고 살아,
개소리가 시끄러울 텐데 견디는 건
다들 고독해서 그래
나 또한 그러니 시끄럽게 짖어라
얼얼얼얼,

나는 너를 먹을 수 없다

이리도 외로운 짐승을 어디부터 먹어

내 몸이라도 뜯어 먹는 것 같잖아

개 껍질 속에 있을 뿐인 너라서

남자 껍질 속에 있을 뿐인 나라서

그만 짖어, 우는 아이 달래주는 세상이 아니야

못 본 척 지나가야 하는 세상

애 잘못 건드려 고소당하고 벌금 물어보면

왠지 알지

아래층 개가 얼얼얼얼 짖는다

또 누가 지나갔을까

그림자 없는 당신을 개는 알아

개 껍질을 쓴 남자

당신의 길목에 개집을 놓자

고독이 지나가다 우울하지 않도록

그림자를 씻다가,

그림자는 꼬질꼬질한 검정 코트를
수십 년째 입고 있었다. 말하자면,
삶의 모든 걸 통째로 안고 있는 것이다
발끝 바짝 들러붙어 그 새카만 어디쯤에
내 모든 걸 시시콜콜 CCTV처럼
담고 있더란 거지. 고약한 취미

바닥에 주저앉아 그림자를 씻는다
저건... 또 저건. 억지로 잊었던 것들,
죽을 때 보인다는 인생극장은
그림자 저장소에 담겼다가
마지막 눈앞을 지나는 걸까
그림자의 크기는 딱 내 삶만큼

나 얼마나 더 살까. 무당 말고
그림자에게 물어보면 신통하겠어
그림자 코트 주머니마다 튀어나오는 것들은
왜 슬픔이 더 많은 걸까

벅벅 문질러 닦은 그림자가 홀쭉해진다
덜어낸 걸까. 평생을 눅눅하게 만든
과거와 과거로부터 기생해온 지금의 시간

당신의 그림자에 나는 행인 1
혹은 행인 2, 3조차 못되었다
사랑은 그렇게 끝나고 나면
낯모르는 타인보다 못한 거니까

그래도 다행이야. 당신 죽을 때
몇 초쯤 나도 그림자 속에서
눈앞을 지날 테니

나무는 꽃과 이별하지 않는다

나는 어른이라서 칭얼댈 수 없다
울먹일 수 없다. 꽃처럼 바람에 흔들려
흐드러지게 웃을 수도 없다

네가 꽃이라면 나는 나무
가지 끝에서 향기롭게 찰랑이는 너를 보며
앞으로도 몇 번째일지 모를 나의 봄을
일생 단 한 번뿐인 너의 봄을 위해
꽃 바라지하는 것이다

너의 시간은 오직 봄이라면
나의 시간은 오직 무채색
겨울바람은 떨어진 꽃을 흔들지 않아

꽃은 나무에 닿아도
나무는 꽃에 닿을 수 없다
꽃은 나무와 이별해도
나무는 꽃과 이별하지 않는다

사랑한다는 것이다
햇살도 물도 바람도 다 내어주고,
사랑한다는 것이다, 이렇게
흩어져 내리는 너의 봄날을
아프게 보내주는 것이다

나는 당신과 아무렇지도 않다

어깨를 스치듯 피해 가는 재주들은
다 한 가지씩 있다
그들은 나를 바라보지도 않고
나는 그들을 바라보지도 않고
우린 서로 아무 간섭도 없이 지나간다

내가 어쩌면 멀리서 다가오던 그들을
미리 봤을 것이다
그들이 어쩌면 나를 좁힌 눈으로
훑어봤을 것이다

나는 당신과 아무렇지도 않다
당신은 나와 아무렇지도 않다
왜 아무렇지도 않은 우리에게

길은 왜 그렇게 서먹할까

길에서처럼,

우리는 마주치고도, 우리는 스치고도,

아무렇지도 않다

나는 당신과 아무렇지도 않다

실명의 익명 속에서 서로는,

우리는, 스치듯 사라져도

아무렇지도 않다

꽃멍 들다

말하지 않고도 떨어지는 꽃처럼
맘을 건넨다면 나는 무엇으로 화답할까

입 열어 말하는 건 쉬운데,
맘 열어 말하는 건 어려워
귀 열어 듣는 건 쉬운데,
맘 열어 듣는 건 어려워

소리가 되어 나오는 것들아,
꽃 피듯 나와라, 꽃 지듯 사라져라
바람에 날린 꽃잎처럼 귓가에 앉아
사라지지 않을 향기를 새겨다오

꽃 같은 맘에 맞아 멍들어도 기꺼워,

꽃 같은 말에 찔려 죽는대도 기꺼워라

오늘 꽃 맞은 마음 꽃멍 들다

내 의자에 앉은 사람

짧은 턱수염 남자가 고개를 돌리고 앉아있어
눈 화장 짙은 여자가 선글라스를 끼고 앉아있어
가운을 입은 남자가 신문을 펼쳐 들고 앉아있어
빨강 힐을 신은 여자가 등을 돌리고 앉아있어

나도 앉아있었어
그들은 인사도 없이 자리를 비우고
나는 말도 없이 자리를 비우고
돌아오지 않은 사람 대신
언제나 새로운 그가 앉아있어

내 의자에 앉아있던 사람은
내 마음에 앉아있던 사람은
다시 돌아오지 않은 사람은

지금 다 어디에 앉아있을까

얼굴도 모를 당신은 지금
어디에 앉아있을까

나는 책꽂이에 꽂아둔 책처럼
너에게 기생하였다

나는 너의 책꽂이에 불청객처럼 앉아있다

너에게 멀거나 나에게 가깝던 그 어느 날
네 마음에 흡족한 선물로 기억되다가
삶에 눌려 시간에 쫓겨 이별에 밀려
너의 책꽂이로 숨어들었다

아마 다시 꺼내보지 않을
우중충한 먼지, 빛바랜 표지로
어느 날 이삿짐 밖에서
꿈 없는 박스로 던져지리라

어느 누군가의 손에 다시 들려도

빳빳한 표지, 들큰한 잉크 냄새는 없어
먼지 묵은 세월이 얼룩처럼 번져
닿지 못할 향수란 이러하게도,
첫 눈길만큼 멀다

너의 눈을 빛내던 글은
지금 어느 책갈피에서 꽃 마를까
그대의 가슴을 열었던 문장들은
지금 어느 쓰레기더미에서
불편한 그리움을 바람에 얹을까

책도 마음도 버려지지 않기를,
우리에겐 언제나 부족하구나
닿는 마음 닮는 마음 닳는 마음

코를 마시는 개

커피를 끓이며 개 같은 기침이 터졌다
왈왈왈

1박 2일이면 끝나던 감기가
밀월 여행처럼 끈질기고 은근하다
나는 너와 헤어질 때마다
몇천 원의 대가를 치렀지만
너는 왜 다시 찾아오느냐

나는 뜨거운 커피를 마시겠다
나는 뜨거운 코를 마시겠다
나는 뜨거운 숨을 마시겠다
나는 뜨거운 심장을 마시겠다

아무도 다가오지 말라고

아래층에선 아침부터 개가 짖고

이 방에선 코를 마시는 개가 아침을 짖는다

왈왈왈

사랑은 어렵지 않구나

표현하지 않는 사랑은 평온하였다. 독점욕이 아니
라면 표현하지 않아도 사랑하는 것이라 하겠다. 사
랑은 어렵지 않구나

표현하는 사랑이 평온할 방법은 나의 물건들에게
말하는 것이다. 허리띠야 바지가 내려가지 않게 해
주어 고맙다. 나는 너를 사랑한다. 신발아, 내 발바
닥이 찢어지지 않게 잘 해주었구나. 나는 너를 사
랑한다. 만년필아, 악필을 그동안 잘도 받아주어
고맙다. 나는 너를 사랑한다

그대는 내 물건이 아니라서 나는 사랑을 표현하지
아니한다. 표현하지 않아서 그대는 모른다. 그대가
모르는 동안 내 사랑은 평온하다. 사랑을 갖지 아니

함으로 내 사랑은 쉽다. 내게로 와 꽃이 되지 않아
도 그대는 꽃으로 피어나 향기로우니 그대를 사랑
한다 말하지 않고, 그대를 소유한다 맘먹지 않고,
그대를 사랑하며 소유하였다

표현하지 않는 사랑은 평온하고 표현되지 않은 사
랑은 온화하다

봄 무릎을 베자

바람이 부는 건지 내가 부는 건지
봄이 오는 건지 내가 가는 건지
하늘이 물드는 건지 내가 물드는 건지
공기가 나인지 내가 공기인지
발가락 끝이 시리지도 않고
손가락 끝이 저리지도 않고

긴 낮은 무럭무럭 밤으로 자라고
짧은 밤이 어느새 아침을 내쉰다
아무것도 하지 않고 온종일
너와 뒹굴고 싶다

이리 와, 봄 무릎을 베자
따뜻한 숨보다 따뜻할 봄 살을 맞대자

나는 잔챙이다

이 시대의 불안을 만든 수많은 잔챙이다. 이런 시
대의 고통을 잉태한 초라한 잔챙이다. 나는 잔챙
이라 아무것도 할 수 없다. 나는 잔챙이라 아는 것
도 별로 없다. 나는 잔챙이라 영향력은 하나도 없
으며, 희대의 황당한 피라미드 밑바닥에서 묵묵히
잔챙이 질을 수행해가며, 더욱 잔챙이에 합당한
생활을 받아들일 수밖에 없다. 나는 점점 더 큰
잔챙이가 되어가고 있다

남남의 사이

사는 일을 스웨터라고 보면 우리들은 전체의 단단
한 뜨개질로부터 풀려나온 짧은 실오라기가 아닐
까. 그 풀린 실 쪼가리의 길이에서도 불과 절반의
절반쯤 함께한 시간을 나누었으리라. 어떤 실오라
기는 잡아당기면 스웨터 전체가 풀려버리고 어떤
실오라기는 잡아당기면 툭 끊어져 스웨터로부터
떨어져 나온다. 어떤 인연은 떨어져 나가면 삶이
끊긴 것처럼 무너지지만 어떤 인연은 떨어져 나갔
는지 있는지도 모르게 무덤덤하다. 나는, 앞뒤 어
떤 인연이길 바라는가

따로의 시간은 수십 년이었고 함께 나눈 시간으로
따지면 길어야 한 달. 우린 그렇게 얄팍한 사이이
다. 잘려나가도 그만인, 우린 상처 없는 인연이다

우린 서로에게 어떤 의미일, 상처가 남는 인연이길 바라면서도 아무 의미도 아닐, 흉터가 생기지 않을 인연이길 바란다. 돌이켜보건대 세상과 이별한 몇몇 인연조차도 지금은 미세한 실금만큼의 아픔만이 남았으며, 이 또한 얼마 후엔 보임도 만져짐도, 끊어낼 실오라기 한 올조차 없어질 터이다

남남이 좋다. 엉키지 않은 실타래들이 따로따로 제자리에 놓여있는 건 보기에도 좋다. 아니 풀지 않고 단단히 감긴 실몽당이를 보는 일은 그것이 풀려나가며 만들어질 무엇에 대한 기대감조차 살아있어서 좋다. 누가 바늘 두 개를 부지런히 놀려 정갈한 관계의 실을 뜨개질할 수 있다면 미래는 그에게 고스란히 맡겨도 좋을 것 같다

우리가 이만큼 사이를 나눌 줄 알았을까. 아니 사이를 나누었다고 믿는 것일지도 모른다. 어쩌면

아무 사이 아닌 우리 사이에 나눈다는 건 다가감,
혹은 다가옴. 혹은 기억해줌. 혹은 흔적

간직함까지는 아닐 것이다. 나를 간직할 사람은
얼마나 될까. 내가 간직할 사람은, 간직하고 있는
사람은. 나 역시도 누군가에겐 다가오는 사람이
니, 내가 다가가지도 않고 간직될 것을 기대한다
는 것은 뜨개바늘을 놀리지도 않고 겨울을 따뜻
하게 할 나의 스웨터가 떠져 나오길 바라는 것이
다. 보지 않는 내가 보이지 않는 그대에게 다가가
지 않음으로, 보지 않은 그대가 나에게 다가오지
않아, 나에게 그대가 보이지 않는 것이다

남남 사이란 그런 거니까. 우리 사이란 그런 거니
까. 보거나 보지 않거나. 오거나 오지 않거나. 오
후를 지나가는 비처럼 서로가 지나치는 것이다

보관

자전거보관함이 자리를 차지하고 오래 닫혀있다. 노후 되어서 운영을 중단한다는 안내문이 붙어있다. 들여다보니 몇 대의 자전거는 그대로 들어있다. 주인이 찾아가지 않은 자전거, 버림받은 셈인데 다른 생각도 든다. 찾아갈 수 없는 건 아닐까

우리는 누군가에게 보관된 우리의 것들을 모두 찾아올 수 없다. 망가진 보관함이 사라지고 새 보관함이 올 때까지는, 혹은 보관함 자체가 사라지기 전까지는 아마도 그 안에서 유기되어 있다가 무존재의 존재로 그 누구누구와 함께 사라져버리겠다

메일함에 던져둔 몇 년 치의 메일을 버리며 학생

이었을, 거래처였을, 누구누구의 개운한 탄성이
터지는 듯한 착각이 들었다. 리포트였거나 제안이
었거나 독후감이었거나, 혹은 무엇이든. 기억 대
신 존재했던 나의 지난 시간이 말끔하게 떨어져
나갔다

여행의 순간

모든 순간은 기억된다

심지어 몇 분 전 내 의식의 흐름은 몹시 위태로웠
다. 어두운 방을 나서서 더 어두운 밖으로 나가는
것, 몇 분 전 나는 불안정한 심리로 방을 나서다가
코끝을 지나는 향기에 지난 순간이 떠올랐다

코티지를 나선 새벽 5시

아프리카인데 기온은 2도였던 새벽, 손가락만 한
가시가 달린 관목을 헤치며 차는 초원의 어느 한
복판, 그곳은 말하자면 어디든 한복판이었다. 하늘
과 땅은 정확하게 절반으로 나뉘어 있었고 땅에는
성에가 하얗게 서린 나무와 풀, 하늘은 온통 별로
빼곡하게 채워져 있는 아프리카의 겨울 초원. 어디나

한복판인 그곳에서 내 코를 스친 누군가의 향기를
기억하고 있었다

어떤 향수였을 것이다. 그 향기는.
지금도 그때도 아주 짧은 순간이었지만 코티지의
주인인 백인의 향기는 아니었어. 스태프의 향기였
던가, 아니면 흑인 서번트의 향수였을지도 모르겠
다

아주 짧은 향기의 여운이 코끝에서 아프리카의 초
원을 불러왔다. 이렇듯 내 코엔 얼마나 많은 기억
이 잠재해 다른 냄새를 잊게 하는 걸까. 난 냄새를
잘 맡지 못했어. 그건 못 맡은 게 아니라 무뎌진 거
였다. 여행의 순간들을 잊을까봐. 나 사는 동안 힘
겨울 그 순간을 여행의 순간으로 견뎌내란 걸까

지나간 건 지나간 거다. 돌아오지 않아. 다시 간다

해도 그 느낌일까. 내가 변했고 그곳도 변했을 거야. 린든버그의 새하얀 코티지가 아직 있다 해도 백인 주인과 흑인 서번트들이 그대로 있다 해도 나의 순간은 그때의 그 시간과 일치할 수 없다

그래서 기억.
그래서 추억.
그리고 망각.

다음 여행은 어느 향기로 남을 순간을 만들어놓고 나를 기다릴까. 다음 사랑은 어느 향기로 남을 그리움을 예비해두고 나를 기다릴까. 무뎌진다는 것은 아마도,

죽어간다는 것이다

아픔 세포

아픔 세포는 심장에 모여 있어서

슬프다고 소리 지르지 않아도 욱신거려

빨라지고 쿵쾅거리다가

심장지진이 얼굴을 무너뜨려요

슬픔 8 진도 9.

당신의 슬픔이 느껴집니다

심장이 두근거려요. 지진입니다

나의 멘탈은 내진 6인데

당신의 슬픔은 진도 9,

괜찮아 이 또한 순간이야, 지나갈 거야,를

넘어선 슬픔이에요.

당신을 토닥거릴 두 손이 바닥을 짚고

다가가 안아 줄 두 다리가 널브러져
힘없이 덜렁거리면,
어떡해요. 위로할 수가 없어

위로받아야 하는데 둘러보면 아, 혼자.
슬픔도 꿈인 듯, 아픔도 꿈이었으면

꿈을 맡겼더니 꿈을 들고 사라졌군요
당신에게 맡겨둔 꿈을 기억하나요
오늘도 꿈 없는 하루가 지나갔어

기껏 우산도 아닌 그깟 사랑

없으면 사야 하는 게 우산이다. 맞으면 그만이라지
만, 하루를 젖은 채 보내는 일은 쉽지 않으니까

쉽지 않다. 쉽지, 라는 건 못 한다는 건 아니다. 하
기 싫거나 하기 어렵거나. 사랑처럼

없으면 만나고 싶은 게 사랑이다. 없으면 그만이라
지만, 남은 생이 긴 이 시대에 사랑 없이 버티는 일
은 쉽지 않으니까

쉽지 않다. 쉽지, 라는 건 못 한다는 건 아니다. 하
기 싫거나 하기 어렵거나. 젖는다

우산은 젖지 않으려고 필요하고 사랑은 젖으려고

필요하다. 필요, 사랑이 필요에 의해서 시작되고 필요 없어서 버려지는 것인가. 그런데 필요가 사라져서 버려진다. 우산처럼 버려지는 사랑들은 어쩌면 우산처럼 잃어버린 것이리라. 아니 잊어버린 것인가

어디에 뒀는지, 잊어버린 거라면 사랑을 되찾기 위해서 부지런히 되걸어 돌아가야 한다. 아니 우산을 되찾자면 부지런히 되걸어 그곳으로 돌아가야 한다

우산을 찾으러 갈 땐 맑은 날 가라. 두 개의 우산을 들고 다니는 것만큼 불편한 건 없다 아니, 누가 그런 걸 신경 써. 사랑도 아니고 기껏 우산을

사랑을 찾으러 갈 땐 비 오는 날 가라. 다시 거부된 사랑을 눈 밑에 달고 다니는 것만큼 우울한 건 없다. 아니, 누가 그런 걸 신경 써 우산도 아니고 그깟 사랑을

젖는 건 싫어하면서 사랑엔 왜들 그렇게, 얌전하게
젖을까

거부한 사랑을 그 자리에 두고 나온 언젠가의 나
는 누가 그 사랑을 주워갔을까 생각해보곤 한다.
거부된 사랑은 지금 누구 손에 돌아다니고 있을
까, 우산이라면 주워 갔을 거야. 우산도 아닌 너는
혼자였으면 좋겠다. 영원히

한 번 사랑은 영원한 사랑이냐, 한 번 사랑은 한
번으로 끝인가. 당신은 어때. 끝난 사랑으로 끝인
가. 과거 진행형인가. 끝난 사랑이 되돌아와 무릎
꿇고 사정한다면 받아줄 텐가

우리 돌아온 사랑에게 똑같이 말하자. 이제 그대
아주 가라

우산도 아니고 사랑이 돌아온다면 아주 가라. 기
껏 우산도 아닌 그깟 사랑

온더락스

며칠 열대야처럼 뜨겁더니 비가 내린다. 세상에 가
득한 물. 중경삼림 비트박스에서 흘러나오던 노래
처럼 끈적거리는 공기 덕에 숨쉬기가 텁텁한 하루.
캘리포니아는 지금 비가 내릴까

그 마약쟁이 서양인은 결국 내리는 빗속에서 임청
하의 총에 맞아 죽었지

각얼음이 위스키를 파고든다. 바텐더라도 있었더라
면, 첫사랑을 말했을 것 같은 물속 공기 사이, 첫
사랑 대신 그리움이 각얼음처럼 독한 위스키를 파
고든다. 점점 사라지고 말 것들

첫사랑들은 전부 미술선생이었지. 나는 입을 열어

금붕어처럼 물속 공기에 대고 중얼거린다. 왜 첫사
랑들이야? 첫사랑은 하나라서 첫사랑이잖아. 눈을
가늘게 뜬 바텐더는 내 말에 귀를 기울이고. 나는
바텐더의 질문에,

이루어지지 않은 건 사랑이 아니니 모든 이루어지
지 않은 사랑은 첫사랑이지

각얼음이 녹는 동안 난 뭘 했을까. 내 시급의 절반
쯤 될 온더락스를 마시고도 나는 아직 멀쩡히 중경
삼림을 떠올리고 있다. 위스키가 말갛게 흐려지고
목을 넘어가는 자극이 타게 기다리다 내리는 묽은
비 같다

각얼음이 그리움처럼 자극적인 위스키를 파고들어
묽은 비 같은 온더락스를 만든다. 녹아 사라질 것
인 그리움은 반갑지 않아. 왜 그리워한다는 말인

가. 사라질 것을. 내 시급의 절반이 얼음에 섞여 흐
려지고 뒤늦은 비처럼 묽게 사라지는 걸 보면 아깝
다. 이젠. 아쉽지 않아. 그러하다

잊기 위해 빗속을 달리는 금성무의 그녀, 파인애
플 통조림을 좋아하는 메이는 임청하보다 십 년은
어릴 것이다. 금성무는 임청하를, 임청하는 금성무
를, 온더락스의 얼음처럼 그리워했을까

온더락스의 얼음은 시간 속에 흐려지고 사라진다.
그렇지 않은 것이 있던가. 우정도 사랑도 흐려지고
마는데 얼음 따위가

다행이다. 그래서

해를 기다리다 우울해진 달에게,

빛은 잘 보라고 있는 건데
그 빛에 사라지는 것들과 이야기를
나누자면,

아침을 맞은 늙은 남자에게,
나의 그리움은 안길만 한 것이 아니야
사납고 깊어서 다가오면 소름이 돋게
개처럼 물어뜯는다
어둠 속 손가락으로 더듬어 맞닿으면
소스라칠 차가운 이빨

아침이 시작되고 남겨진 개에게,
3층의 개가 짖어
주인은 오늘도 개만 남기고

빛 속으로 사라진다

복도에 남은 울음은 싸늘하고 어두움

밤사이 따뜻함으로 부족한 걸까,

달이 뜨고 다시 해가 떠도

돌아오지 않는 주인에게 닿으라고

어둠 속에서 내내 짖어댈 거야

건너 집 정원에 혼자 남은 비둘기에게,

몰려다니는 무리에서 떨어진 거야

밀려다니다 떨어져 나온 거야

날개를 두고 걸어 다니는 건 슬픈 일

날지 않으려면 나무를 구해 집을 지어

도시의 땅은 임자가 있으니

날개가 꺾였어도 월세는 내지

누가 달의 뒷면을 본 적이 있나

햇살에 쏘여 쓰러진 당신,

등 토닥여줄 사람은 아무도 없어
모퉁이를 돌아 막막한 빛 속에
투명인간처럼 존재하다가
해가 떨어지면 무심코 돌아오는
어둠처럼 돌아오겠지

빛은 보라고 있는 것인데
빛 때문에 보이지 않는 것들
해가 돌아오면 보이지 않을
빛 속의 우울한 달처럼

귀화

01

재미아저씨가 죽었다. 전쟁 때 쌕쌕이를 몰고 적
군을 벌벌 떨게 만들었다고 자랑하던 재미아저
씨는 전쟁이 끝난 후 미국으로 돌아가지 않고
한국에 남았다. 전쟁 중 부상으로 다친 다리를
절며 마을의 궂은일을 돕고 마을 사람들이 챙겨
주는 먹거리로 끼니를 이어가던 재미아저씨였다.
마을 어른들은 고마운 분이라며 일을 안 시키려
고 했지만 재미아저씨는 말도 안 된다고 손사래
를 쳤다. 크고 작은 일이 있을 때마다 꼭 나서서
일을 도왔다.

재미아저씨의 가족들이 미국에서 왔다. 장례식
을 미국에서 치르려고 했지만 아저씨의 유서를

발견하고 마을 뒷산에 묘를 세웠다. 재미아저씨를 닮은 아저씨가 아들이라고 했다. 재미아저씨의 묘비엔 '나의 영웅, 제이미 이곳에 잠들다' 라고 쓰여 있었다.

뛰기는커녕 걷는 일조차 힘겨운 재미아저씨였지만 백두산을 넘어 천지를 날던 이야기를 할 땐 금세라도 하늘로 날아오를 것처럼 눈동자가 빛났다. 그 눈엔 가득 하늘이 담겨있었다.

-커친 부탁쳤단 말리야. 안갯싸일로 캅자기 별랑이 툭 튀어나오는테, 이컨 팡법이 없어. 딱 축은 거야. 군데 팔람이 미테서 불어 올라와써. 팔람을 탄 피행기가 훅 월로 뒤집어졌어. 엄청난 철벽에 부닥치지도 않고 훅 넘은 커야. 와아~ 친짜 글린 일은 내 평생 첨이자 마치막이야. 팩투산이 날 살려춘 거야.

가게 앞 평상에 앉아 이야기를 듣던 아이들은 모두 몸을 부르르 떨었다. 이 대목이야말로 재미 아저씨가 전쟁이 끝난 후에도 미국으로 돌아가지 않고 한국에 남은 이유였고 재미없는 재미아저씨 이야기의 가장 재미있는 부분이었다.

다른 아이들은 백두산의 신령한 모습을 눈앞에 떠올리고 있을 때 난 재미아저씨의 쌕쌕이가 떠올랐다. 색종이로 빨간 비행기를 접어 벼랑에서 힘껏 날렸다. 그 비행기의 빛깔이 빨간색인지는 몰랐지만 새파란 하늘에 하얀 구름을 그으며 자유롭게 날아다니는 재미아저씨의 빨간 비행기는 어린 나에게 단 하나뿐인 즐거움이었다.

나 말고도 재미아저씨의 비행기를 좋아하는 친구가 있었다. 동석이는 재미아저씨 이야기를 할 때마다 자긴 꼭 비행기 조종사가 될 거라고 말했다.

우리는 같이 종이비행기를 만들어 날리며 산꼭대기에서 새끼손가락을 걸고 맹세했다. 꼭 조종사가 되자고.

02

어린 시절은 힘겹게 지나갔다. 공군사관학교를 가려던 계획은 아버지의 반대로 무산되었다. 전두환 쿠데타 이후 군인의 길에 회의를 느껴 군복을 벗은 아버지는 하나뿐인 아들이 군인을 직업으로 하는 걸 싫어하셨다. 대학에 진학하고 부모님의 어려움을 덜어주고자 취업에 좋다는 ROTC가 되고 장학금과 아르바이트에 전념하면서 비행기 조종사의 꿈은 현실 속에 점점 파묻혔다. 전역 후 오랜만에 고향을 찾으니 친구들 소식이 전해졌다. 누군 의사 공부한다더라. 누군 결혼해서 아이도 있다더라. 동석이는 공군사관학교를 갔다고 했다. 지금은 전투기 조종사가 되어

하늘을 날고 있을 것이다. 녀석은 꿈을 잊지도 잃지도 않았던 거였다. 나만 배신자가 된 기분이 무척 쓸쓸했다.

서울의 한 금융회사에 취업하게 되었다. 10년 동안 숨도 못 쉴 만큼 바쁜 직장생활로 지치고 힘들 때마다 난 동석이가 부러웠다. 금융위기가 들이닥칠 때마다 회사는 구조조정 명목으로 직원들을 물갈이했다. 명퇴라는 정체 모를 정년이 정기적으로 직원들의 숨통을 졸랐다. 나 역시 그 틈바구니에서 살아남느냐 밀려나느냐의 압박감으로 쉴 새 없이 시달렸다. 결혼 할 뻔 했지만 불명확한 미래를 누군가와 나눌 수 없어 헤어지게 되었다. 집에서는 결혼하기를 바랐지만 어쩔 수 없었다.

—이번엔 누가 될까.

다시 금융위기라고 떠벌이는 언론을 접한 동료가 자판기에서 커피를 꺼내며 한숨을 내쉬었다.

―정말 이젠 더러워서 못 해먹겠다.

내 입에서 저절로 욕지거리가 튀어나왔다. 어느새 동기 중에 남은 친구는 이 친구와 나뿐이었다. 나머지는 지금 어디서 무엇을 하고 있는지 알 도리가 없었다. 나도 그들도 서로가 서먹서먹해서 연락할 마음이 나지 않았다. 누구는 가고, 누구는 남고. 사회가 아무리 치열한 경쟁이라고 해도 결국 모든 짐은 남은 사람 몫이고 그건 자부심도 자신감도 아닌 회의감과 모멸감의 집약체이고 결정체였다.

―못 해먹으면 명퇴해야지. 그 참에 못 이룬 꿈도 이루고 말이야. 난 마누라와 애만 없었다면 아마

지금쯤은 알프스의 어느 촌마을에 자리 잡고 라면집 하고 있지 않을까.

동기가 내뱉은 푸념에 나는 에디슨의 전구가 머리에 뜬 것처럼 반짝이는 걸 느꼈다. 꿈, 잃어버린 꿈, 잊어버린 약속.

03

다음 날, 명퇴를 신청했다. 조건이 나쁘지 않아 다행이었다. 퇴직금에 명퇴위로금 포함 2억5천. 예금을 합하니 해볼 만한 돈이 쥐어졌다. 버틴다. 꿈을 향해 가자. 잊은 게 아니라 잠든 약속, 잃은 게 아니라 침몰했던 꿈을 인양하기에 충분하다. 비행학교를 알아보았다. 36의 나이는 다행히도 입학 연령 제한 커트라인이었다. 그러나 비행학교에서 입학허가서가 날아올 때까지 마음 놓고 기다릴 처지가 아닌 나이었다.

매일, 메일함을 체크했다. 소식 없는 날이 늘어 갈 때마다 초조와 긴장으로 미쳐버릴 것 같았지만 맥주 한 모금 입에 댈 수 없었다. 혹시나 체력검사에서 아웃될까 싶어서였다. 자포자기할 무렵 메일이 도착했다. 입학을 허가한다는 메일.

캘리포니아 비행학교에서 동석이를 만난 건 예정된 일일지도 몰랐다. 동석이는 의무복무를 마치고 그곳에 도착해있었다. 은퇴한 공군 조종사들의 레귤러 코스. 동석이도 나도 서로를 뜨겁게 끌어안았다. 꿈과의 조우, 약속을 이루기 위한 포옹, 우리는 캘리포니아의 하늘에 긴 고함을 질렀다. 가자, 꿈으로!

04
2,000시간 비행, 몇 년을 날아야 채울 수 있는 조건일까. 공군 조종사였던 동석이는 이미 채웠

지만 나는 이제부터였다. 기회만 되면 조종석에 올라탔다. 날고 날고 또 날았다. 갖고 온 돈이 간당간당했다. 자유롭게 하늘을 날면서도 마음은 늘 바닥인 잔고를 생각하지 않을 수 없었다. 그때부터 동석이가 뒤에 앉아 나를 채찍질했다. 그랬다. 우리에겐 같은 목표가 있었다. 재미아저씨의 그곳, 바로 백두산. 현실적으론 말이 안 되는 이야기지만 꿈이란 어차피 현실에선 해석이 안 되는 판타지다. 동석이와 난 그 꿈을 위해 모든 시간을 투자했다. 빨간 비행기의 꿈을. 동석이는 이미 자격을 딴 상태로 떠나지 않고 내 뒤에서 나를 몰아붙였다. 그리고 마침내 자격 조건을 채웠다. 그것도 남들보다 빠른 시간에. 꿈이란 참 지독하게 심술 맞고 못된 놈이라 사람을 초주검으로 만들고서야 만족한다.

−축하해.

-고맙다.

우린 다시 한 번 끌어안았다. 꿈이 현실이 될 가
능성에 조금 더 다가선 것이다.

-넌 얼마 남았니.
-괜찮아 넌
-난, 난 바닥이야. 뭐든 해서 돈을 만들어야 돼.

동석이는 자금이 아직 있다고 했다. 연금 나오는
것도 있었고 나만큼 자격을 따느라 오랜 시간을
버티지 않아도 되니 여유가 있었다. 하지만 난 이
제 곧 바닥을 찍는다. 패스는 했지만 결국은 돈
이 문제였다. 꿈에 돈 따위가 장애가 되다니. 라
지만 어른들에겐 흔해빠진 장벽, 아주 일반적인
이야기다.

-만약에 말야. 국적을 바꿔야 한다면 그럴 수 있
겠니? 예를 들어 말야.
-아 뭐 난 괜찮아. 그 나라는 정 떨어진지 오래
다. 지긋지긋해. 모든 것들이 정해진 대로만 가
는 시스템이잖아. 기회도 없고. 게다가 재미아저
씨의 꿈을 위해서라면!

동석이가 냉장고에서 맥주를 꺼내왔다. 뚜껑을
비틀어 따고 병을 마주쳤다. 꿈을 위해.

05
-중국?
-그래 중국이라면 가능할 것 같아. 현실적으로
백두에 가장 가까운 곳이니까.
-난 이미 말했지? 좋다고

서울에 있던 아파트를 처분했다. 동석이와 나는

민항기 조종사를 할 생각이 처음부터 없었다. 베테랑이 되기 위해 그렇게 날고 날고 또 날았던 거다. 우리는 중국으로 갔다. 그리고 귀화신청을 했다. 몇 주 후 신청은 받아들여지고 장백산 인근에 관광비행사를 냈다. 빨간 비행기 두 대가 격납고에 나란히 서 있었다. 중고로 구입한 거지만 동석이와 난 떨리는 마음을 감추지 못했다.

우와~
우와~

동석이도 나도 동시에 탄성을 내뱉었다. 뒤지고 뒤져서 구입한 중고 비행기, 그 비행기에 빨간 페인트를 칠했다. 프로펠러가 돌아가며 비행기는 힘찬 몸짓으로 푸르릉거렸다. 장백산을 비행기로 관광하는 코스를 신청해 허가를 받아냈다. 중국 정부가 전략적으로 장백산 관광을 육성하는 공정을 폈기에 장백산이 인기 있는 관광코스가 된 탓이다.

장백산을 제대로 보려면 역시나 하늘이 제맛이다. 비싼 가격에도 관광객들은 빨간 비행기로 하얗고 파란 천지를 날아다니는 게 가장 하고 싶은 일 중에 하나가 되었다. 돈 많은 중국인들에게 장백산을 날아다니는 일은 자신감의 허세이고 과시 같은 거였다. 두 대로 시작한 비행기가 몇 년 후에 불어나서 열 대가 되었다.

비시즌이면 우리는 가끔 장백, 아니 백두를 날았다. 빨간 비행기를 타고 천지를 넘어 북한의 상공을 넘나들기도 했다. 국경선을 타면서 나는 비행은 스릴 넘쳤다...라지만 사실 긴장감도 그다지 없었다. 우린 이미 양쪽 모두 친해져서 국경선 타기의 위험부담을 없애버린 것이다. 돈도 좀

들었지만, 그만큼 자유롭게 백두를 누릴 수 있
게 되었다.

06

비시즌에 이렇게 맑은 하늘을 대하기란 정말 어
려웠다. 동석이도 나도 남는 건 시간이고 여유였
으니 우리가 좋아하는 백두비행을 나섰다.

조종간은 내가 잡았고 동석이가 옆자리에 앉았
다. 프루릅 프로펠러가 힘차게 돌며 빨간 비행기
의 이륙을 재촉했다. 객석은 비었지만 텅 빈 시
간은 우리를 꿈의 무대로 인도했다.

파아란 하늘의 빨간 비행기.
이거다. 꿈의 실체가 드러난다. 꿈이 현실이 되는
순간, 그 어느 날보다 하늘은 푸르렀고 비행기는
빨갛게 빛났다. 몇 분 후 우리는 천지 상공에 도달

했다. 양측 경계선 관제사들과 가벼운 농담을 주
고받으며 천지의 싯푸른 물을 마음껏 감상했다.

—동석아 재미아저씨의 천지가 이랬을까.

내가 오랜만에 재미아저씨의 이야기를 꺼냈다.
동석이의 눈도 아련해졌다.

—아마 그랬지 않을까 이만큼의 매력이 없었다면
앞에 있는 봉우리를 못 보는 일도 없었겠지.

저 멀리 백두의 최고봉이 우뚝 솟아있었다.

장군봉.
해발 2,744미터의 병사봉으로 불리다 2,750미터
의 장군봉으로 바뀐 백두대간의 대장. 우리 빨
간 비행기가 그 장군봉을 타고 날아오른다. 재미

아저씨는 장군봉에 먹힐 뻔했지만 백두의 도움
으로 살았다고 했다. 우리는 그 장군봉을 타고
마음껏 날아올랐다. 장군봉의 밑에서 올라온 바
람이 비행속도보다 빠르게 빨간 비행기를 파란
하늘로 밀어 올려주었다.

우와~
우와~

프룹프룹프루루루루루루루
빨간 비행기가 파아란 백두의 하늘에 하얀 연기
를 남기며 날아올랐다. 꿈은 잊어선 잃고 만다.
꿈은 잃는 것이 아니라 언제든지 잊지 않는 그
순간부터 반드시 다시 잇는 것이다.

빈방을 나간 냄새

아침 문밖은 헐벗은 냄새로 가득하다. 물 냄새 사
이 샴푸 비누 냄새 바스 냄새들, 어떤 냄새는 취향
에 맞고 어떤 냄새는 맞지 않다. 이웃에 취향 같은
사람들이 산다면 아침 문밖은 더 산뜻하겠지. 이
루어지기는 어려울 냄새의 소망

냄새만큼은 특히 더 그렇다. 사회를 지나오면서 취
향 느낌 다 맞는 사람을 맡기란 얼마나 어려운가.
집 밖은 온통 다른 냄새, 나쁜 냄새, 힘든 냄새, 못
된 냄새투성이

그나마 같은 층의 아침 냄새란 긴 밤을 씻어낸 후
의 냄새다. 박꽃처럼 하얀 탈의실에 밤마다 걸어놓
은 새 옷을 갈아입고 빈 옷걸이엔 그리움을 대신

걸어두고 아침 문을 닫는다. 그 냄새가 문 앞에서
매일 아침 나를 기다린다

사람들의 헐벗은 냄새엔 밤에만 피는 꽃들의 진한
그리움이 묻어난다. 빈방을 나간 냄새는 한동안
돌아오지 않을 것이다

나는 아침마다 어떤 꽃의 냄새로 기억됐을까. 낯모
르는 누군가에게 익숙하거나 낯설거나 미안하거나
다정할지도 모를

실망은 가장 자연스러운 것이다

쌍둥이로 태어났어도 나는
남자였거나 여자였을 몇 초 차이의
그에게 실망했을 것이다

어쩌면 그는 침 대신 풀로 우표를 붙이고
손글씨 대신 워드로 편지를 쓰고
같이 우체국으로 걸어가는 대신
이메일 보내기 버튼을 누를 거라는 것
내가 좋아서 접어둔 페이지를 펼칠 때마다
책을 접었다고 짜증을 낼지도 모르지

70억 분의 1인 나와
70억 분의 1인 그는
70억 명 중의 한 사람으로 지구에 살고

나는 70억 분의 1만큼도 서로 다름을
참아낼 방법을 찾지 못하여
70억 번 만큼이라도
실망하는 것이다

실망은 자연스러운 것이다

더 실망할 것인가
그만 실망할 것이냐는 결정에서 늘,
수천 번을 머뭇거리게 하는 건 사랑

심지어 쌍둥이일지라도 그러한대,
낯선 두 사람이 만약 사랑한다면,
실망은 얼마나 자연스러운 것이냐